Ralf Neubohn

Neues vom 1. April,

dem Waiblinger Altstadtfest

und der Gartenschau

Schwarze Humor Gedichte und Geschichten

Ralf Neubohn

Neues vom 1. April, dem Waiblinger Altstadtfest und der Gartenschau

Schwarze Humor Gedichte und Geschichten

Bibliografische Information der Deutschen Nationalbibliothek
Die Deutsche Nationalbibliothek verzeichnet diese Publikation
in der Deutschen Nationalbibliografie;
detaillierte bibliografische Daten sind im Internet
über www.dnb.de abrufbar.

Herstellung und Verlag: BoD – Books on Demand, Nordersted

ISBN: 978-3-7528-0296-2

Inhalt

Vorwort:

16 Städte und Gemeinden unterstützen die Gartenschau an der Rems. Das ist eine sehr beachtliche Leistung. Mit dabei sind derzeit: Essingen, Böbingen, Mögglingen, Schwäbisch Gmünd, Lorch, Urbach, Schorndorf, Winterbach, Weinstadt, Remshalden, Korb, Kernen im Remstal, Waiblingen, Fellbach, Remseck.

Sie haben Vorbildliches geleitstet.

Auch die Stadt Heilbronn hat ein wunderbares Konzept für ihre Gartenschau erstellt.

Um diese beiden wunderbaren Gartenschauen indirekt zu unterstützen habe ich das Projekt „Gartenschau Trilogie" gestartet, in der drei ganz unterschiedliche Bücher zu diesem Themenkreis erscheinen. Der hier vorliegende Band ist der Ergänzungsband zur größtenteils bereits erschienen Trilogie.

Viel Spaß damit!

Ihr Ralf Neubohn

**Auszüge aus der 1. Aprilausgabe der „NISB"
(Neubohns Intelligenz Sonntags Blättle)**

Verlegung des Altstadtfestes

Wie gestern einstimmig beschlossen wurde, findet künftig das Waiblinger Altstadtfest am 1. April statt. Zum einen braucht dann niemand mehr ein Sommergewitter befürchten, zum anderen können nun Besoffene in den 1. April geschickt werden, was wesentlich leichter als bei Nüchternen ist.

Für medizinische Notfälle werden zur Zeit des Altstadtfestes den Kliniken von den Krankenkassen Rennsportwagen zur Verfügung gestellt, damit die Notfälle schneller in die weit entfernten Krankenhäuser kommen.

Uhren

Da die riesige Uhrenindustrie Waiblingens nicht mehr so boomt und die zahlreichen internationalen Großkonzerne weltweit weniger als sonst in Waiblingens Megafabriken kaufen, wird nun eine neuartige Kuckucksuhr verkauft. Im Sommer erscheint darin ein Matrose und singt Seemannslieder und Schlagersongs, die mit Urlaub zu tun haben.

Im Winter wird ein Weihnachtsmann zu jeder vollen Stunde sichtbar, der die bekanntesten Weihnachtslieder trällert. Im Frühjahr hoppelt ein Osterhäschen heran und macht wegen Heuschnupfens „Hatschi, Hatschi!" Aber der Herbst ist der Höhepunkt aller Stubenhocker: eine alte Frau schaut scheu heraus und sagt den schönen Reim: „Bleib zu Haus, draußen ist ein Graus."

Der schiefe Turm von Waiblingen

Es gibt viele schiefe Türme in der Welt. Ein besonders schiefer steht direkt vor unserer Haustür in Waiblingen. Er lockt jedes Jahr Massen von Touristen an.

Wir erinnern uns ja noch alle, wie vor vier Jahren die große Rems-Tsunami-Welle die Stadt überflutete. Den größten Schwung der Tsunami-Welle bekam das Beinsteiner Tor ab, das seit dem äußerst schräg steht. In Wettbüros werden hohe Wetten abgeschlossen, ob er stehen bleibt oder völlig umkippt. Und wenn er umkippt, wie viele Leute er dabei erwischt. Mutige stellen sich jetzt immer bei starken Sturmböen unter dem Turm, des Nervenkitzels wegen. Viele Lebensversicherungen haben neuerdings den Passus im Vertrag, dass dies als Selbstmordversuch gilt und daher nicht versichert ist. Doch das schreckt keinen davon ab, seinen Mut zu beweisen. Vor allem Jungen in der Pubertät stehen beim Waiblinger Altstadtfest dort oft, um die Mädchen zu beeindrucken.

Das Beinsteiner Tor hat zwischenzeitlich den Spitznamen: „Waiblingens Mausefalle" bekommen.

Die sinnvolle Nutzung von Pflastersteinen

Auf dem Waiblinger Altstadtfest wurde neulich ein Mann von einer empörten Volksmenge zuerst gelyncht und anschließend mit Pflastersteinen nachträglich gesteinigt. Was konnte nur die freundlichen Waiblinger so erbosen? Hatte der Mann Frauen belästigt? Sich ausgezogen? Besucher bedroht? Nein, viel, viel schlimmer! Er versuchte ahnungslosen Menschen Neubohns Buch „Die Gartenschau Morde" zu verkaufen! Wer so entsetzliche Dinge tut, hat solch ein Ende wahrlich verdient!

Jung geblieben

Wir alle werden NICHT älter. Nur die Hits die wir früher mochten heißen jetzt golden Oldies, oder, was dasselbe bedeutet: Siebziger oder achtziger Jahre Hits.

Auch machen wir kein Heavy Metal Headbanging mehr, sondern Headbanging für Senioren – also schunkeln.

Wir haben keine Altersprobleme, nur in den Gaststätten sind neuerdings die Essensportionen zu groß und dafür die Schrift in den Zeitungen zu klein.

Das Fernsehen hat viel an Qualität verloren, denn das Bild wird immer schlechter und die Musik im Radio immer leiser.

Überhaupt nuscheln alle Leute nur noch.

Im Gegensatz zu uns werden alle Prominenten aus unserer Jugendzeit immer älter und wir entdecken: Sportwandern geht auch mit Krücken! Natürlich können wir problemlos laufen, aber das Fahren im kleinen Stadtcabrio macht mehr Spaß. Auch wenn das schnittige Stadtcabrio als Rollstuhl verkauft wird.

Wir sind jung in unsern Herzen – das allein zählt. Wir sind nicht alt, die heutige Zeit ist nur zu modern!

Die wahre Frühgeschichte der Staufer

Im fernen Weltall ist der Andromedanebel. Der zentrale Planet dieses Sternensystems heißt Staufer. Könige der Staufer waren seinerzeit König Drosselbart und König Blaubart.

König Drosselbart sprach gefrustet zu seinem Amtskollegen: „Wir müssen endlich etwas historisch Wertvolles leisten, damit wir nie vergessen werden."

König Blaubart antwortete: „Lass uns den Westweg nach Indien finden. Wenn wir diesen entdecken, können wir unser Volk preiswert mit Gewürzen wie Pfeffer und Curry versorgen und werden gleichzeitig große Entdecker."

Gesagt, getan. Sie rüsteten die Raumschiffe Entenkrise, Virenstoß und Kampfstern Bakteria und flogen westwärts durchs All, um nach Ostindien zu kommen. Ihr Kapitän Rübezahl nannte die Einheimischen im neu entdeckten Land deswegen auch später Indianer. Diese widersetzten sich aufs Lebhafteste der Kolonisation durch die Staufer und überfielen deshalb immer wieder Siedlertrecks mit Pfeil und Bogen.

Zum Schutz der Staufer wurden Forts und Burgen gebaut, von denen aus die Besiedlung gesteuert wurde. Eine der wichtigsten Bastionen hieß Waiblingen, welches besonders schwer unter den Überfällen der Indianer litt.

Als eines Nachts der Kundschafter Lederstrumpf wilde Indianerhorden im Hegnacher Wald angriffsbereit entdeckte, ritt er so schnell es ging nach Waiblingen. Doch nachts gab es kein geöffnetes Tor, durch welches er reiten konnte. So blieb ihm nur eins: Im Hochwachturm wohnte Prinzessin Rapunzel, welche immer erst spät schlafen ging, da sie alle Romane des Staufer Forschers Ralf Neubohn verschlang und vor dem Ende eines Buches nie schlafen konnte.

So rief der Kundschafter: „Rapunzel lass Dein Haar herunter!"
und kletterte daran in die Stadt und warnte deren Bürger vor der
großen Gefahr.

Über Jahre hielten die Kämpfe mit den Indianern an, da diese vom
fernen Erzgebirge laufend Nachschub erhielten. Die Könige schickten
daher Rübezahl los, um im Erzgebirge als Statthalter für die Staufer
zu regieren und somit den Nachschub der Indianer abzuschneiden.
Dieses gelang auch und somit kamen ruhigere Zeiten für die Staufer.
Nur Desperados verursachten immer wieder Probleme, doch diese
endeten wie Willy the Bit schnell an den zahlreichen Galgen entlang
der staubigen Straßen. Der bekannteste und fürchterlichste dieser
Strauchdiebe hieß Motzenklotz. Dieser stahl einer armen alten
Frau die Kaffeemühle und erhielt dafür den gerechten Lohn durch
die Justiz.

Ein besonders raffinierter Schachzug der Staufer bestand darin,
die indianischen Ureinwohner zu Hilfssheriffs auszubilden und
somit fürs Gemeinwohl arbeiten zu lassen. Bekanntester Häuptling
der Hilfssheriffs hieß „Hitting Bull". Daher leitet sich bis heute
der Ausdruck „Bulle" für Polizisten ab. Ein bekannter Indianer-
stamm, der seine Gunst und Dienste stets meistbietend verkaufte,
hieß Huronen. Nach seinem Verhalten entstand der Ausdruck…
Na, lassen wir das lieber ungesagt.

Könige und Prinzen der Staufer die unter Verfolgungswahn litten
z.B. Othello, Hamlet, schickten die Staufer genauso schnell in die
Verbannung, wie Sexisten im Stile Heinrich VIII. Durch dieses
strenge Durchgreifen konnten sie lange ihre Macht erhalten. Viele
der Verbannten verloren ihren Verstand vor Kummer nicht mehr
im Stauferländle zu Leben. Richard III. ist ein Beispiel dafür.

Gelegentliche Morde, wie der von Macbeth, konnten nicht verhindert werden, aber die BULLEN klärten die Fälle sofort auf. So konnten die Staufer in Ruhe wachsen und gedeihen. Und wenn sie nicht gestorben sind, so regieren sie noch heute als Vorsitzende von Parteien und ihre Raumschiffe durchfliegen weiterhin forschend das All, zum Ruhme der Staufer.

Als die Giganic in der Rems versank

Kurz bevor die Rakete Prollo 11 vom Korber Kopf zum Mond flog, erfolgte der Stapellauf der Giganic in einem eisigen Winter. Auf der zugefrorenen Rems tummelten sich Eisbären und Pinguine. Kein guter Startzeitpunkt für den Stapellauf an der Erleninsel. Doch der vor kurzem erfolgte Ausbau der Rems förderte eine derartige Euphorie im Remstal, dass man alles für möglich und machbar hielt. Ein fataler Irrtum. Für die Staufer als weltraumfahrendes Volk bildete der Besuch des Mondes mit einer Rakete keine Schwierigkeit. Da es für sie etwas so Alltägliches darstellte, verzichteten sie sogar auf den Ruhm der Mondlandung und gönnten diesen unberechtigterweise einem technischen Entwicklungsland namens Angelika oder so ähnlich.

Aber gerade weil sie problemlos in größte Fernen schweifen konnten, übersahen sie die Gefährlichkeit der Rems im arktischen Winter. Selbst im Sommer bildete die reißende Rems mit vielen gefährlichen Strudeln (Bermuda-Dreieck) und Wasserfällen (Niagara-Fälle) eine große Herausforderung. Aber im Winter, mit ihren großen Eisbergen …

Doch Kapitän Nemo startete frohgemut die Fahrt mit der Giganic und brachte somit Hunderte von Menschen den Tod! Und es hätte noch schlimmer kommen können. Denn die Jungfernfahrt der Giganic machte auch der bekannte Geschichtsforscher Ralf Neubohn mit, dessen religiöse Schriften und historische Schriften eine unermessliche Quelle der Kultur im Remstal bildeten. Der Autor von unzähligen Broschurheften und Taschenbüchern wie diesem hier, verließ sein Redaktionsbüro in der Zwerchgasse 6 ahnungslos und mit gezückter Schwanenfeder, um für seine Edition Nöck vom Stapellauf auf der Erleninsel zu berichten und ein Stück weit mitzufahren. Zum

Glück blieb er vom Schicksal verschont, als die Giganic kurz nach Schwäbisch Gmünd auf einen Eisberg auflief. Der Verlust des Nobelpreisträgers für Forschung und Literatur wäre fürs Remstal nie zu verwinden gewesen.

Doch ein glücklicher Zufall rettete die Region vor dem unersetzlichen Verlust. Als die Giganic die Rems entlangfuhr, hielt sie kurz vor Schwäbisch Gmünd bei Delphi. Neubohn stieg dort aus, um das Orakel zu befragen und um mit Aristoteles, Sokrates und Plato einen Schwatz zu halten. Wie Forscher halt so sind, vergaß er dabei die Zeit und verpasste die Weiterfahrt der Giganic. Sie rammte kurz nach Schwäbisch Gmünd einen Eisberg. Nur wenige Reisende konnten bei den arktischen Temperaturen lebend gerettet werden. Einer davon hieß Leonardo de C. Dieser berichtete so plastisch von der arktischen Kälte, dass später Filmemacher und Buchautoren die Katastrophe fälschlicherweise in die Arktis verlegten. Erst Neubohns Bericht in diesem hochwissenschaftlichen Journal biegt die Tatsachen wieder gerade.

Der Bürgerkrieg im Remstal

Seit in Rommelshausen die römischen Cäsaren herrschten, versklavten die siegreichen Feldherren der südlichen Staufer (Waiblingen, Neustadt, Rommelshausen, Welzheim, Schwäbisch Gmünd) die ihnen unterlegenen Völker z.b. Stuttgart. Die Staufer Nordstaaten Winnenden, Korb, Backnang rüsteten daher, um die Sklaverei zu beenden zum Krieg gegen die Südstaaten. Als der König der Südstaaten aus Backnang die schöne Helene erst ent- und dann verführte, gab es für den empörten Norden kein Halten mehr. In jahrelangen Schlachten wurden allmählich die Südstaaten zurückgedrängt und ihre letzten Festungen Waiblingen, Neustadt, ein Kastell bei Welzheim und das Waldschlösschen belagert. Der Norden wollte den Süden aushungern, was aber nur bei König Arthurs im Waldschlösschen, auch Camelot genannt, gelang. Neustadt wurde nach zähen Kämpfen genommen. Waiblingen und Welzheim trotzten aber der Belagerung, da sie über die fischreiche Rems Wasser und Lachs erhielten. Der König des Nordens Barbarossa baute bei Schwäbisch Gmünd die größte Flotte des Altertums und fuhr damit die Rems herauf, um die widerspenstigen Städte vom fischreichen Fluss abzuschneiden. Doch die Flotte des Südens war auch nicht ohne und der Kapitän des Seefahrervolkes der Trojaner schlug den Angriff des Nordens im größten Marinegefecht der Geschichte ab. Die Trojaner, welche ein Volk der Südstaufer bildeten, konnten so lange den Krieg offen halten. Doch der Norden unter Barbarossa griff zu einem Trick, der die Wende brachte. Aus ihrem Fluss bei Backnang holten sie Nessie das Seeungeheuer und fuhren es nachts mit Leiterwagen und Inlineskatern vor die Tore Waiblingens. Als die Trojaner morgens das große Tier sahen, hielten sie es erst für ein großes Pferd und dann für einen Seegott. Da dieser sich offensichtlich nach Wasser sehnte, wurde er in die Rems bei der Talaue gebracht. Doch, oh graus! Nessie fraß in kürzester Zeit allen Lachs weg, so dass Waiblingen sich nicht mehr von Fisch ernähren konnte und die Belagerer um Frieden bitten musste. Teile des trojanischen Heeres flohen Richtung Süden, stets dabei von Barbarossa verfolgt, der nebenbei während der Verfolgung die Gralsburg bei Esslingen eroberte, sich Italien für die Staufer sicherte und allmählich den Heerzug Richtung Jerusalem ausdehnte. Noch lange nach ihm herrschten die Staufer über die besiegten europäischen Gebiete wie z.B. Italien. Barbarossa bediente sich bei den Feldzügen im Nahen Osten übrigens der Hilfe vieler Freiwilliger. Hatschi Halefle Oma heiß einer davon. Durch deren Ortskenntnisse und Mut entschieden sich viele Schlachten der Staufer zu ihren Gunsten. Als Barbarossa eines Tages im Sterben lag, brachte man ihn von der Gralsburg den Heiligen Gral, durch welchen er noch heute am Leben ist und wenn mal nicht mehr seine Nachfolger herrschen, kommt er wieder um die Vorherrschaft der Staufer in Ländern, Behörden und Firmen zu sichern. Bekanntlich sind die Staufer das Herz aller Dinge.

Die Inkas und Wikinger bei Weinstadt

Bekanntlich überfluteten vor langer Zeit die vereinigten Heere von Inkas und Wikingern von ihren Schiffen aus ganz Europa. Dazu nutzten sie geschickt die zahlreichen Flüsse als Verkehrsadern und gründeten so z.b. als erste die Neckarschifffahrt. Von der Hochtechnologie der Inkas zeugen heute noch Meisterwerke der Baukunst. Sie erzeugten mit ihren Sonnenkraftwerken so viel Energie, dass die Strommasten wegen Elektrosmogs besonders hoch gebaut werden mussten. Der Eifelturm ist einer der verbliebenen Strommasten. In Stuttgart steht noch heute eine Stufenpyramide, mit der die Inkas das Planetensystem im Weltall beobachteten. Wir haben von ihnen das Planetarium übernommen und noch heute funktioniert es. Nach so vielen Jahrhunderten! Um die Schifffahrt auf dem Nesenbach und Neckar zu beobachten, brauchten sie weite Fernsicht. Deshalb errichteten sie in Degerloch den Fernsehturm, der noch heute täglich Massen von Inkafans anzieht. Auch in der Chirurgie setzten sie neue Massstäbe: Sie operierten als erste am Gehirn. Daher noch heute die Ausdrücke Holzkopf, Strohkopf, Gipskopf. Je nachdem, mit welchen Materialien sie am Kopf bzw. Gehirn arbeiteten. Auch Herztransplantationen standen auf der Tagesordnung. Der bekannteste Chirurg hieß Tannhäuser und von ihm bekam mancher ein kaltes Herz z.B. Prinz Greisenherz. Auch die Wikinger setzten Maßstäbe, noch heute essen wir wie sie Fischbrötchen. Wie gesagt eroberten die vereinigten Heere der Inkas und Wikinger ganz Europa. Ganz Europa? Nein ein kleines Dorf in Gallien lieferte erfolgreich Widerstand und das unbesiegbare Remstal. Bei Weinstadt kam es auf der Rems zur letzten großen Offensive der Invasoren. Es muss furchtbar gewesen sein, noch heute behindern viele Schiffswracks den Schwerlastverkehr auf der Rems. Schlachtschiffe beschossen sich mit ihren gewaltigen Geschützen, von Flugzeugträgern aus starteten pausenlos Kampfjets mit Torpedos, die Luft konnte vor Pulverqualm nicht mehr geatmet werden. Daher leitet sich noch heute das Bild des Menschen von der Hölle. Hitze + Schwefeldampf.

Die Schlachtschiffe der Staufer schlugen nicht nur den Feind bei Weinstadt, sondern rollten nach und nach über die Flüsse das ganze Feindesland auf. Dabei spielte der schwere Kreuzer Barbarossale eine wichtige Rolle. Die siegreichen Staufer ließen in ihrer Huld die besiegten Feinde in den befreiten Landen leben. Diese wurden zumeist Fischhändler bei Hamburg und Ostfriesland oder bildeten die geistige Elite der Sternforscher. Und wenn der geneigte Leser nach dem Lesen dieses historischen Journals Fischbrötchen isst, sollte er daran denken, dass wir diese den Wikingern verdanken.

Askese ist in

Archi Arsen, der lautlose Schatten,
schlich über das Altstadtfest
und wollte irgendjemand begatten,
doch alle blieben wie immer tugendfest.

Altstadtfest

Genüsslich aß er eine Rote,
schaute sich dabei um,
da sah er die Tote,
nicht nur der Tiertod ging um.

Mörderische Gartenschau

Es hing bei der Gartenschau,
eine sehr junge Frau,
an einem hohen Baum,
ach, welch ein Traum!

Schlechte Zeiten

Er trank zuerst einen Wein,
aß dazu ein gebratenes Tier,
woanders zog er sich Scampi rein
und schlürfte noch etwas Bier.

Später durfte auch Pizza nicht fehlen,
sowie so mancher Sekt,
jemand wollte ihn dieses Buch empfehlen,
das hat ihn sehr erschreckt.

„Verstehen Sie mich Recht,
ich muss leider sparen,
denn die Zeiten sind schlecht",
sprach er und ist mit dem Taxi heimgefahren.

Ökologischer Dünger

Er war sehr schlau,
mordete auf der Gartenschau,
düngte die Pflanzen mit Leichen,
deswegen blühen diese ohne Gleichen!

Idylle

Liegst Du unterm Gartenschau Rasen,
wollen alle Kühe auf Dir grasen.

Anni Arsen bittet zu Tisch

Anni Arsen bittet zu Tisch,
es gibt Digitalis im Kaffee
und Strychnin im Wein.

Danach Salmonellenfisch,
sowie Arsen im Tee,
so muss eine gelungene Party sein.

Diagnose

„Diese Frau ist nicht gesund",
sprach der Doktor.
Nichts Besonderes tat er damit kund,
trat der Dolch doch deutlich hervor.

Strandleiche

Tot lag er am Strand,
den Hals durchschnitten.
Ich streckte meine Hand,
holte mir seine Brotschnitten.

Die schmeckten sehr fein,
es nahte die Flut.
Ich liess den Unbekannten allein,
in der heißen Sonnenglut.

Kopfweh

Sie hatte furchtbares Kopfweh,
fragte einen Henker um Rat.
So wie ich das seh,
schritt er schnell heilend zur Tat.

Sonne

Es scheint die Sonne,
es lacht das Herz.
In dieser Wonne,
erdrosselte er sie mit ihrem Nerz.

Autoren

Autoren sind Schreibtischtäter,
sie morden geschwind
und freuen sich daran später,
wie ein kleines Kind.

Gottes Mühlen

Gottes Mühlen mahlen langsam,
das ist allgemein bekannt.
Als ich auch endlich darauf kam,
sich schnell ein Baum zum Lynchen fand.

Er war ein Perser,

doch Nemesis strafte ihn schlagend.
Nun ruht er in seinem Perser,
für immer schlafend.

Einst liebte er Schläge,
doch dieser bekam ihm schlecht.
Nemesis griff zur Elektrosäge,
verteilte seine Reste im Teppich zu Recht.

Versäumnisse

Hängt Dein Bruder am Ast,
hast Du schon das Beste verpasst.

Notwehr

Er griff zum Messer,
wehrte sich erbittert.
Dachte das sei besser,
doch der Tod hat nur gekichert.

Aktien

Als der Teufel seine Aktien anbot,
kauften sie die Börsianer schnell.
Sie taten dies ohne Not,
der Teufel lachte: „Go to hell!"

Mörder

Sie stürzten die Prinzessin vom Berge,
gingen danach fröhlich essen.
Diese sieben Mörderzwerge,
wird die Nachwelt nicht vergessen.

Die Wahrheit

Sie stürzte den Schuldlosen ins Brunnenwasser
und lachte vor Freude hell.
Der arme Wolf wurde vor Angst immer blasser
und ertrank im tiefen Brunnen schnell.

Das 1. Live Video

Hänsel und Gretel gingen in den Wald,
darauf erschien die arme Alte auch bald.
Schnell wurde sie im Ofen verbrannt,
die Welt genoss das Live Video gebannt.

Crime time

Wenn jemand das Halstuch umlegt
und der Hexer macht sich bereit,
sich so mancher Mönch regt,
dann ist Krimi Zeit.

Essenszeit

Willst Du Mittag auf die Schnelle,
schubs Deinen Nachbarn in die Mikrowelle.

Lunchtime

Wenn der Nachbar im Ofen schreit,
ist das Essen noch nicht so weit.

Läuten

Wenn der Mörder zweimal klingelt,
hat es bei Dir bald ausgebimmelt.

Eile

Wenn Dich der Ruf des Henkers ereilt,
hättest Du Dich lieber nicht beeilt.

Zu spät

Wenn der Hexer zwei mal klingelt
und vor dem Fenster steht ein Bogenschütze,
dann hast Du Deine letzte Chance verbummelt,
Du Schlafmütze.

Sprichwörter

Wer anderen eine Grube gräbt,
ist nicht immer Friedhofsbeamter.

Vorsicht ist die Mutter der Porzellankiste,
sprach der Massenmörder
und warf eine Münze in den Parkautomaten.

Wer wagt gewinnt,
rief der Falschspieler,
bevor er ein Messer in den Rücken bekam.

Katzen landen immer auf ihren vier Beinen,
rief der Selbstmörder,
bevor er mit allen Fünfen aufschlug.

Gut Ding will Weile haben,
dachte der Selbstmörder,
als er sich im flachen Waschbecken zu
ertränken versuchte.

Eile mit Weile,
rief der Bankräuber den Polizisten zu,
als sein Fluchtwagen einen Platten hatte.

Trau, schau, wem,
dachte der Betrüger,
als ein Versicherungsvertreter bei
ihm auftauchte.

Glaube ans Gute im Menschen,
war der letzte Gedanke der Dirne,
bevor sie mit Jack the Ripper ging.

Gerechtigkeit siegt,
sprach der Anwalt zu seinem Mandanten
und fügte in Gedanken hinzu: manchmal.

Gleich und gleich gesellt sich gern,
ging es dem Betrüger durch den Kopf,
bevor er sich von einem Politiker ein
Autogramm holte.

Nur fliegen ist schöner,
lautete der letzte Gedanke des Sadomasochisten
während er gehängt wurde.

Eile mit Geile,
hieß die Devise des Triebtäters.

Eile mit Weile,
flüsterte der Henker von London zu ihm,
weil sich die Schlinge
zum fünften Mal lockerte.

Am Meer

Wer seinen Gegner ertränkt,
wird selten gehängt.
Denn schließlich meinte man es gut
und schützte ihn vor der Sonnenglut.

Gourmettipps von Anni Arsen

Digitalis im Wein
und Arsen im Kaffee,
das schmeckt fein,
es mundet auch Strychnin im Tee.

Willst Du modern sein,
vergiß auch nicht roten Fingerhut
und zerstreue Arsenik sehr fein,
das mundet allen Gästen gut.

Pech gehabt

Vergräbst Du die Leiche am Strand,
baust Du Deine Zukunft auf Sand.

Die Untat des Mörders

Der Lord reagierte empört,
denn der Butler begrub die Lady im Park,
das war doch unerhört,
denn dabei litt der Rasen stark.

Nicht glücklich

Hängt eine Leiche im Klo,
macht es die Putzfrau nicht froh.

Gesundheitstipps

Wenn der Tod an die Tür klopft,
hat Deine Nase schnell ausgetropft.

Sprichwörter II.

Vorsicht ist Mutter der Porzellankiste,
sagte der Massenmörder
und schloss eine Lebensversicherung ab.

Wer anderen Grube gräbt,
ist meist Krimiautor.

Wirklichkeit

Wenn Du einen Krimi liest
und diesen sehr genießt,
dann stell Dir vor,
der Mörder lauerte vor Deinem Tor.

Hunger

Wenn Deine Gäste vor Hunger schrein,
schicke ihnen einen Zombi rein.

8. Stock

Springt der Täter vom Balkon,
ist er auf und davon.

Glück gehabt

Hängen Deine Gäste an den Decken,
brauchst Du sie zum Frühstück nicht wecken.

Strafe

Wenn Du mich erhängst
und mir dabei das Genick verrenkst,
dann glaube mir,
red ich kein Wort mehr mit Dir.

Geduld

Hängt der Versicherungsvertreter tot im Garten,
muss Deine Versicherungspolice noch etwas warten.

Waldmanns Heil

Wenn der Triebtäter durch den Wald schleicht,
ihn eines Tages ein Blattschuss erreicht.

Morddrohung

Wenn morgen der Hahn kräht,
bist Du schon vom Winde verweht.

Besuch der anderen Art

Wenn ein Killer Dich besucht
und Dich kräftig verflucht,
dann hast Du etwas falsch gemacht
und wohl bald ausgelacht.

Serienautor

Tippt es aus seinem Grabe bis zum Morgenrot,
war nur sein Gehirn tot.

Ärztliche Kunst

Wenn es aus dem Grabe grummelt,
war die Autopsie verbummelt.

Schlusskorrektur

Er schrieb Gedichte letzter Hand,
korrigierte bis zum Schluss.
Er stand vor der Exekutionswand,
die Endkorrektur machte der Salvenschuss.

Trost des Henkers

Du musst Dir nur sagen:
Wer kopflos durchs Leben geht,
kann ihn sich nie wieder anschlagen.

Glücklich

Wenn der Mörder leise kichert,
war der Erbonkel gut versichert.

Küche

Liegt eine Tote in der Küche,
bringt es nicht gerade Wohlgerüche.
Liegt sie dafür im Keller,
macht es die Stimmung auch nicht heller.

Wohlgerüche

Der Erfinder eines neuen Deodorant
stand neben einer alten Leiche.
Wie er zu seinem Entsetzen herausfand,
war der Geruch der gleiche.

Mietshaus

Die Mieter waren erschrocken,
denn ein Toter hing an der Dachrinne.
Die Eigentümerin musste energisch eingreifen,
mit einem dicken Erdbrocken.
Sie erschlug an der Wand damit eine Spinne
und lies die andere Nebensächlichkeit schleifen.

Wärme

Wenn es in der Heizung rappelt,
dort wohl ein Gefangener zappelt.
Endlich brauchst Du nicht mehr geizen,
denn nun kannst Du billig heizen.

Diät

Für eine kräftige Diät
ist es nie zu spät,
sagte die Leichengräberin,
zu ihrer illegal verscharrten Schwägerin.

Tröstlich

Mach Dir nichts daraus,
wenn der Metzger mal daneben schlägt,
denn Fleisch sieht immer gleich aus.

Guter Ratschlag

Liegt ein Toter in der Tiefkühltruhe,
fein verpackt mit Schlaufen,
hast Du lange Ruhe,
mit Essen einkaufen.

Der Autor

Der Autor schrieb seine Krimis ganz nett
und freute sich am Leben.
Doch sah er sich in seinem Bett
von Leichen umschweben.

Darauf rief er einen Polizisten,
doch der richtete nichts aus.
Da wandte er sich an einen Exorzisten,
der warf die Leichengeister raus.

Eigentlich endet diese Geschichte gut,
doch mit dem Schreiben war es aus.
Der Autor geriet in Wut,
denn mit den Geistern flog seine Inspiration raus.

Na, sowas

Liegt ein Toter im Brotkasten,
musst Du wohl eine Weile fasten.

Gewissen

Ein reines Gewissen,
ist das beste Ruhekissen.
Eine alte Leiche
bringt nicht das Gleiche.

Dracula

Wenn Dracula aus dem Grab steigt,
noch eingewickelt in sein Leichentuch,
sofort zu seinem Zahnarzt eilt,
schweigt dieser besser wegen Mundgeruch.

Glück gehabt

Sie lag auf der Erde,
mit einer Kugel in der Stirn.
Sie stand auf und ging zu ihrem Herde,
zu ihrem Glück besaß sie kein Hirn.

Freundlicher Hinweis

Wenn vorm Fenster ein Mörder lauert
und vor der Tür der Tod,
eine Giftspinne neben Dir kauert,
erlebst Du nicht das Morgenrot.

Ernte

Hängt eine Leiche am Birnbaum
und Du steigst zur Ernte rauf,
ernte nicht wie im Traum,
sonst nimmst Du die falsche Birne im Korb auf.

Argumente

Wenn der Mörder zur Axt greift,
hat er schlagende Argumente.
Dieser Plan ist zwar nicht ausgereift,
doch sein Opfer erlebt nicht die Rente.

Der Berg

„Der Berg ruft",
heißt es oft.
Doch häufig ist es die Gruft,
ganz unverhofft.

Der Dieb

Sie nannten ihn Katze,
den genialen Dieb.
Eine verarmte, alte Fratze,
ist alles, was ihm blieb.

Neubohn's Krimihäppchen

Neubohn's Krimihäppchen,
hieß einer meiner Krimibände.
Für manchen Leser war es ein Schnäppchen
und vor Lachen bogen sich die Wände.

Tea time

Schmeckt Dein Tee fade
und die Tante würzt ihn mit Arsen,
bist Du vielleicht in Ungnade,
das solltest Du schnell einsehn.

Eiskalter Mörder

Eiskalt brachte er sie um die Ecke,
verbrühte sie ganz brutal.
Ach, die arme Weinbergschnecke,
was erlitt sie für eine Qual.

Pech gehabt

Flieht der Mörder schreiend aus dem Haus,
warf ihn der Yeti raus.

Süße Träume?

Lauert ein Mörder neben Deinem Bett,
wird die Nacht nicht sehr nett.

Stil- (ett) frage

Zieht die Killerin einen kleinen Dolch,
bist Du ein armer Molch.
Zückt sie dagegen das Fleischermesser,
gefällt Dir das schon viel besser.
Denn wird Deine Ermordung so ausgeführt,
denkst Du im Sterben: Ehre wem Ehre gebührt.

Mafia Blues

Kaum ist der letzte Schuss aufs Opfer verklungen,
werden schon Trauerlieder gesungen.

Wie man sich bettet

Nach der Tat trinken Gauner,
gerne einen Sundowner.
Denn außer einem ruhigen Gewissen,
sind sie das zweitbeste Ruhekissen.

Verzweiflung

Immer schneller schoss der Killer,
doch das Opfer lachte nur schriller.
Denn die Schüsse des Killers gingen daneben,
wie so manches andere in seinem Leben.

Hinweis

Naht ein Herr im Nadelstreifenanzug,
verschwinde rasch.
Denn Gefahr ist im Verzug
und zwar nicht zu lasch.

Ziele

Auch Mörder haben Ziele,
sie wollen die perfekte Tat.
Vertun sie sich bei diesem Spiele,
freut sich der Staat.

Beschwerdebrief

Wenn Killer zu sehr lieben
und deswegen unkonzentriert sind,
schnell an den Boss geschrieben
und sie verschwinden geschwind.

Lehrgeld

Als der Mörder wieder daneben stach,
empört das Opfer sprach:
„Du elender Wicht,
so geht das nicht!"
und beschwerte sich bei des Killers Auftraggeber,
dieser zerschoss sofort dem Opfer die Leber,
worüber sich der Sterbende freute,
denn niemand ist gerne eines Anfängers Beute.

Kochen für Jederman?

Es ist ein Graus:
Wörtlich nahm sie den Leichenschmaus.

Schicksal

Wenn der Tod vorbei tingelt,
hat der Vertreter schnell ausgeklingelt.

Fußballstar

Spielt der Tod Torwart im Stadion,
laufen alle gegnerischen Stürmer davon.

Mittagessen

Wenn es auf den Fidschis leise läutet,
wird gerade das Opfer gehäutet.
Man kann es getrost versprechen,
hier will keiner mit alten Traditionen brechen.

Alte Fidschi Weisheit

Will das Essen nicht gelingen,
musst Du noch zwei Touristen in den Topf bringen.

Summen

Wenn der Täter zufrieden summt,
ist das Opfer endlich verstummt.

USA der 20iger Jahre

Sie herrschten mit fester Hand,
ließen niemanden in Ruh,
sie beherrschten das ganze Land,
es ging überall wie in Chicago zu.

Crime time 2

Er schrieb einen Krimi,
lachte sich dabei krank.
„So was gibt's im echten Leben nie",
dachte er - und fand eine Leiche im Schrank.

Nicht aufgepaßt

Wenn es aus der Tiefkühltruhe brabbelt,
hat Dein Opfer noch nicht ausgesabbelt.

Die Giftmörderin

Tückisch lächelnd schlich sie durch das Haus,
geschickt wurde das Gift verteilt.
Dies aß so manche ahnungslose Maus
und der Tod hat sie durch diese Kammerjägerin ereilt.

Tödlich

Sie kannten ihre Tücken
und schossen ihr daher in den Rücken.
Doch selbst da blieb ihr Mund nicht stehen,
jeder konnte deswegen die Tat verstehen.

Künstlerpech

Wenn Zahnärzte zu tief bohren,
fliegt ihnen so manches um die Ohren.

Eine besondere Detektivin

Wenn eine Katze ihr Frauchen beschützt,
im Süden der USA,
dabei verschiedene Tricks benützt,
dann ist das Ende der Verbrecher nah.

Der Autor

Klappert es in der Biotonne,
ist ein Autor in Schreibwonne.
So geht es zu in einem fort,
am für die Literatur passenden Ort.

Auswahl

Wenn Frauen zu sehr lieben
und Männer zu sehr hassen,
sind nur zwei Möglichkeiten geblieben:
morden oder scheiden lassen.

Trophäe

Sie warf ihre Jagdtrophäe in den Schrank
und bürstete sich die Zöpfe.
Dieses Mal war ihre Beute schlank,
sie sammelte Männerköpfe.

Geschäftsessen in der Pizzeria

Ist der Tischwein herb und weiss,
verlor der Kellner viel Angstschweiss.
Fällt er plötzlich tot um,
naschte er wohl an Deinem Essen rum.
Du solltest nun schnell die Rechnung verlangen,
sonst wird man Dich mit einer anderen belangen.

Konsequenz

Er sah diese zarte Rose
und erwürgte sie mit seinem Gürtel,
seitdem litt er an Gürtelrose.

Schlussfolgerung

Der Täter empfand Erbarmen
und beging die Tat ohne Komplikationen.
Dies half dem tumben Dorfgendarmen,
bei seinen Kombinationen.

Die kaltblütige Tat

Sie zückte kalt lächelnd das Messer,
schnitt ihm blitzschnell den Bauch auf.
Jetzt fühlte sie sich besser
und machte zum Hasen Kartoffelauflauf.

Freundliche Warnung

Auch heiße Bienen,
gibt es hinter schwedischen Gardinen.
Doch die lässt man lieber in Ruh,
sonst stechen sie unerbittlich zu.

Hartes Geschäftsleben

Es klagte ein armer italienischer Geschäftsmann:
„Man, oh man!
Für alles gibt es Schnäppchenpreise,
nur die gierigen Killer fordern Höchstpreise!"

Wilder Westen

Wem der Killer über die Haare streicht,
dem bald die Sonne die Knochen bleicht.

Nonne

Die Täterin ging in ihr Gemach
und sprach:
„Wie gewonnen, so zerronnen,
ich fliehe besser unter die Nonnen".
Denn ihr Opfer schrie wie am Spieß,
wörtlich zu nehmen ist dies.

Kriminelle Lebensweisheiten

Nicht alles was durch den Schornstein kommt,
ist ein Weihnachtsmann.

Nicht alles was am Baum hängt,
ist zum Essen.

Seinen Freund zum Fressen gern haben,
hat nicht in allen Kulturen dieselbe Bedeutung.

Nicht alle feschen Hasen,
wollen als Hasenbraten enden.

Wer Haare auf den Zähnen hat,
dem verhilft auch rasieren nicht zum beliebter werden.

Nicht alle Bären eigenen sich zum Knuddeln.

Für alles gibt es heute Wellnessangebote,
nur noch keine Wellnessmorde.

Nicht alles was aus dem Holzfass tropft,
muss Wein sein.

Ideale Kulisse

Es ist gesegnet
für Krimiautoren,
wenn es gewittert und regnet
und klappert an Eingangstoren.

Folgenreich

Seine Schreibmaschine klapperte,
wie seiner Frau Gebiss.
Dass sie pausenlos plapperte,
verlieh seinen Geschichten den Biss.

Erde

In tiefer Erde bleichen,
nicht nur auf Friedhöfen Leichen.

Wein à la Card

Ist der Tischwein sehr rot,
ist vermutlich der Kellermeister tot.

Weiterentwicklung

Wenn der Mord in Mode kommt,
er schnell zum Krieg verkommt.

Logisch

Es gab Kabinettskriege,
große Generalssiege,
verlor man einmal,
lag's nur am Soldatenmaterial.

Ökokiller

Für viele Mörder ist es logisch:
„Ich morde nur ökologisch!"
So dass man keine Chemie braucht,
denn Blut wegputzen schlaucht.
Deswegen verschwinden heiße Bienen,
oft in Wannen oder Duschkabinen.

Unterschiede

Wenn Verrückte auf einem Holzpferd reiten,
muss die Polizei nicht einschreiten.
Reitet ein Nekromane auf einer Leiche,
ist es nicht das Gleiche.

Glück gehabt

Steigt Dir der Mörder auf das Dach,
dann sei von Herzen froh.
So liegst Du nicht lange wach
und kein Wecker weckt Dich roh.

Dumm gelaufen

Sie tötete ihn für Geld,
wollte seine Wertpapiere verkaufen.
Sie war kein Held,
dennoch schien alles gut zu laufen.

Doch seine Fonds waren fest angelegt,
die Aktien gingen in den Keller,
das hat sie nicht positiv angeregt
und ihre Stimmung nicht heller.

Das Auto hatte er noch nicht bezahlt,
auf dem Haus lagen Hypotheken.
Der Mord machte sich nicht bezahlt,
sie ertränkte ihren Kummer an Theken.

Formalitäten

Kommt der Mörder mit dem Auto angefahren,
um dem Opfer den Todesschlag zu versetzen,
so denkt er gleich an das komplizierte Verfahren,
seine Betriebsausgaben von der Steuer abzusetzen.

Worauf stehen Sie?

Soll ich Sie angiften
und dann vor Wut erschlagen?

Oder lieber vergiften
anschließend vergraben?

Soll ich Sie erschießen
und dann auf Ihnen rumtreten?

Oder lieber mit Benzin übergießen,
anschließend für Sie beten?

Soll ich Sie mit Säure einreiben
und dann vom Tatort wegeilen?

Oder lieber ein Buch schreiben
und Sie zu Tode langweilen?

Soviel köstliche Auswahl,
das macht die Entscheidung zur Qual.

Die meisten lassen sich langweilen,
denn dieser Tot wird uns sowieso alle ereilen.

Ob Fernsehen, Zeitungen, Politik,
überall ereilt uns dies Geschick.

Aussage

Landet der Zeuge bei den Fischen,
kann er keine Aussagen mehr auftischen.

Wählerische Menschen

Was keiner mag,
ist ein Dieb bei Tag.
Über einen Einbrecher bei Nacht,
hat aber auch noch keiner gelacht.

Lehre

Er lebte in Chicago
während der Prohibition,
sagte zur Mafia no
und verlor deshalb seinen Sohn.

Dies lies er sich eine Lehre sein,
schenkte nun illegal Whisky aus,
das brachte Geld rein,
heute hält er groß Haus.

Sprüche

Jedes Ding hat seine zwei Seiten,
sprach der Henker und schlug mit
beiden Axtseiten zu.

Wem es im Grab zu eng ist,
der hätte weniger Möbel mitnehmen sollen.

Wer im Grab weiter arbeitet,
wird es schwer mit dem Überstunden
abfeiern haben.

Den General beerdigt man mit seinen Orden,
den Autor mit seiner Schreibmaschine
und den Mörder mit einem Dankschreiben der
Rentenversicherung.

Abwechslung muss sein, sprach die Mörderin
und erschoss ihr Opfer mit einer 45er Magnum
und einer Panzerfaust.

Der Politiker auf dem elektrischen Stuhl hielt so
haarsträubende Wahlreden, dass der arme Stuhl
einem Kurzschluss erlag.

Mordslohn

Die Autoren morden,
auf dem Papier ganze Menschenhorden.
Doch genau bedacht,
hat es kaum Autoren reich gemacht.
Was lernt der Leser daraus?
Mord zahlt sich wirklich nicht aus!

Tempo

Killt die Pflegerin
den alten Opa,
sind alle vor Freude hin
und mit Erbschein da.

Sorgfalt

Wenn der Staubsauger summst
und darin die Leiche rummst,
dann ist sie nicht klein genug gemacht,
das hat die Täterin in der Eile nicht bedacht.

Die Pyromanin

Ihr Lachen klang rasselnd,
wie eine defekte Klimaanlage.
Vor ihren Augen verbrannte prasselnd,
eine große Ferienanlage.

Liebe

Wenn Promis zu sehr lieben,
werden sie von der Mafia angeschrieben.

„Wir bieten Schmuck - wirklich nett
für die kleine Freundin im Bett.

Zu günstigen Konditionen,
es wird sich für Sie lohnen.

Schauen Sic doch in unsere Webside rein,
Sie werden mit uns zufrieden sein."

Joboffensive

Die Regierung fordert mehr Teilzeitarbeit,
bald auch im kriminellen Bereich?
So hat eine Mörderin mehr für die Familie Zeit
und es werden auch andere Killerinnen reich.

Humaner Appell an Mörder

Warum sehen Leichen nur so schrecklich aus,
mit unserem Fleckenlöser geht das Blut doch raus?

Präsentiert Eure Opfer nicht so unappetitlich,
sondern schon fast niedlich.

Fort mit dem Blut auf der Hose
und steckt zwischen die Zähne eine Rose.

So erleiden die Finder der Leiche keinen Schock
und gehen davon nicht gebrochen am Stock.

Also: An unseren patentierten Fleckenlöser ran,
seid bitte human!

Zu spät

Wenn die Polizei lässig klingelt,
ist Dein Versteck schon umzingelt.

Hängen

Hängt Dein Vermieter tot am Baum,
ist es wie ein schöner Traum.
Hängt er aber im Hausflur,
dann nervt er nur.

Lynchjustiz

„Nur nicht hängen lassen",
sprach der Desperado.
Und ging ganz gelassen
noch mal aufs Klo.

Mitgefühl

„Verlieren Sie bloß nicht den Kopf",
sprach der Henker zu dem armen Tropf.

Aus

Wenn der Revolver bellt,
hat die Lebensglocke bald ausgeschellt.

Gast

Der Tod ist ein gern gesehener Gast,
nie hat er einen Termin verpasst.
Manchmal kommt er aber zu unverhofft,
denken viele oft.

Cool?

Einen Toten im Swimmingpool,
finden nicht alle Touristen cool.

Zuverlässig

Auf sie war Verlass,
sie nervte ohne Unterlass.
Erst ihr vorzeitiges Ende,
brachte die Wende.

Gerechter Lohn

Der Autor Ralf Neubohn,
hoffte auf viel Lohn.
Deswegen schrieb er ohne zu verweilen,
diese ausgefallenen Zeilen.
Der Lohn kam schneller als er dachte,
als man ihn endlich umbrachte.
Mit dieser gerechten Wende,
sind seine Texte nun zu ENDE.

Nachwort

Liebe Leser,

Sie sind nun an das Ende dieses kleinen Büchleins gekommen, in dem ich sie hoffentlich gut und abwechslungsreich unterhalten habe.

Falls Sie nach dem Lesen dieses Buches noch Fragen, Anregungen, Vorschläge haben, können Sie sich gerne mit mir in Verbindung setzen. Ich bin offen für kreative Ideen. Ralf Neubohn, Antiquariat der Nöck, Zwerchgasse 6, 71332 Waiblingen, Telefon 07151 1336165, E-Mail: antiquariat.noeck@gmx.de

Unter dieser Adresse können Sie sich auch bei mir melden, falls Sie einmal eine Lesung buchen wollen.

Mit freundlichen Grüßen und bis bald?

Ihr Ralf Neubohn

Über den Autor Ralf Neubohn:

Ralf Neubohn hat bereits zahlreiche Bücher geschrieben bzw. herausgegeben und ist einem breiten Publikum durch regelmäßige Lesungen bekannt. Er betreibt ein angesehenes Buchantiquariat und fördert neue Autoren durch Herausgabe von Anthologien und Veranstaltung von Lesungen.

Er hat auch mehrere Literaturpreise gestiftet. Z.B. den „Neuen Literaturpreis Remstal".

Neubohn schreibt Krimis, Lyrik, heitere Romane und Kurzgeschichten.

Sein Kurzkrimiband „Neubohns Krimihäppchen" kommt bei den Lesungen immer besonders gut an. Bei den heiteren Büchern vor allem „Alle Autoren an Bord!" und „Im Tal der Autoren".

Beide Bände haben den Vorteil für die Leser, dass sie mit diesen einen humorvollen Blick hinter die Kulissen des Autorentums werfen können. Und das ist doch ganz interessant und lehrreich.

Lesetipp:

Ralf Neubohn und Michael Kerawalla: „Im Tal der Autoren"

Für dieses Buch schrieb Ralf Neubohn unter anderem folgende Texte:

Der Roman

Sam beendete 3 Jahre Schreibarbeit an seinem neuesten Roman mit einem guten Gefühl. Alle goldenen Regeln seines Verlegers fanden sich in dem Werk wieder. Anspruchsvoll geschrieben, ein kritischer Spiegel der Zeit und sorgfältig recherchiert.

Stolz begab er sich damit zu seinem langjährigen Verleger. Dieser las das Buch mit einem Stirnrunzeln durch und sprach die goldenen Worte: „Um erfolgreich zu sein, darf ein Roman nirgends politisch anecken. Streichen Sie daher bitte alle betreffenden Stellen. Natürlich wollen wir auch niemandes religiöse Gefühle verletzen oder Wirtschaftsbossen auf die Füße treten. Sie verstehen doch, dass diese Teile deshalb raus müssen. Zuviel Sex und Gesellschaftskritik sind auch nicht mehr zeitgemäß, sie fallen ebenfalls weg. Natürlich wollen wir uns bei niemandem anbiedern und langweiligen Mainstream vermarkten, wir passen uns nur etwas der Zeit an." Damit gab er den von 520 Seiten auf 3 Seiten gekürzten Roman in Druck, der ein großer Erfolg wurde.

Zurück zu den Wurzeln

Seneca, Cato und Tolstoi hatten vollkommen recht: Nichts geht über das einfache Landleben. Weg von all dem unnötigen Schnickschnack zurück zum Urtümlichen. Nur von den allernotwendigsten Hilfsmitteln begleitet leben.
Während ich diese Zeilen auf meinen Laptop schreibe, geht draußen die Außenbeleuchtung automatisch an. Vermutlich ist eine Katze durch die Lichtschranke gelaufen. Ein Surren zeigt an, dass die Rollläden mittels Zeitschaltuhr pünktlich heruntergelassen werden. Ich gehe in die Küche aus der Tiefkühltruhe frisches Gemüse für die Mikrowelle holen. Unterwegs blinkt mich im Flur das drohend rote Auge des Anrufbeantworters an. Aus dem Büro höre ich das Fax nach neuem Papier fiepsen und Informationen aus dem Internet plärren.
Bei so viel Stress starte ich mittels Fernbedienung erstmal eine Musik-CD und gönne mir aus der chromglitzernden Expresso-maschine ein Anregungsmittel. Zwischenzeitlich ist das Gemüse fertig geworden. Es hat dieses Mal 1 skandalöse Minute länger gedauert! Zeit die alte Mikrowelle gegen eine schnellere auszutauschen! Ich muss wegen eines neuen Navigationsgerätes sowieso in die Stadt. Im Esszimmer angekommen greife ich zur Gabel, als sowohl das Handy klingelt, als auch das E-Mail Postfach nach mir verlangt. Doch die müssen beide in die Warteschleife, da pünktlich zum Essen im Fernsehen meine Lieblingsserie startet, die ich auf dem extra-großen LCD-Bildschirm sehe.
Mittels Fernbedienung schalte ich die Heizung etwas höher und genieße die Wärme und das Mikrowellengemüse sehr.
Ja, die großen Denker wussten, was sie sagten: NICHTS geht über das urtümliche, einfache Landleben! Zurück zu den Wurzeln!

Lesetipp:

Flammenfeder „Live von der Gartenschau"

In diesem Buch berichten Ralf Neubohn und Michael Kerawalla heiteres aus dem Paradies für Blumenliebhaber. Beide sind Mitglieder der Autorengruppe Flammenfeder, die dieses Buch herausgebracht hat. Folgend ein paar Textproben Ralf Neubohns daraus:

Computerexpertin Petrulia

Paul saß zufrieden in seinem Kinderzimmer, heute gab's in der Schule endlich mal keine Hausaufgaben. Er konnte also nun die langersehnte Radtour auf dem Gartenschaugelände machen! Er freute sich sehr darauf. Draußen schien die Sonne und rief ihm förmlich zu: „Komm, komm!" Als er gerade zu seinem Drahtesel eilen wollte, stand plötzlich seine nervige Schwester Petrulia in der Tür. Was für ein Schock, denn das bedeutete stets etwas Schlimmes.

Sie sprach: „Paul! Ich muss noch von gestern meine Hausaufgaben nachholen. Da es soviel ist, mache ich sie an Deinem Computer." Paul zuckte tief erschrocken zusammen. Seine chaotische und eingebildete Schwester an seinem geliebten Computer! „Dich kann ich nicht allein an meinen PC lassen. Du hast doch keine Ahnung davon!"

Petrulia erwiderte triumphierend: „Mutter hat es mir erlaubt! Sie meint, dass ich groß genug dazu bin."

Paul biss sich auf die Zunge, um nichts über ahnungslose Mütter im Allgemeinen und vor allem in diesem speziellen Fall zu sagen, und startete gottergeben seinen Computer. Er harrte schicksalsergeben der nun folgenden inneren Leiden, die auch prompt eintraten.

„Paul? Was heißt eigentlich PC? Pauls Computer?"

„Nein", entgegnete er genervt. „Es heißt Petrulias Chaos. So, jetzt gebe ich das Codewort ein."

„Kotwort", zischte Petrulia entsetzt. „Heißt dass, dass der Computer mit Scheiße zu tun hat?"

Paul stöhnte verzweifelt. Mütter und Schwestern konnten einem wirklich das Leben versauern. Von wegen Petrulia ist groß genug! Doch da er noch mit dem Rad wegwollte, ließ er sich auf keine Diskussion ein. „So, jetzt mache ich nur noch schnell einen Quick Scan."

Petrulia starrte ihn schockiert an. „Warum wird ein Schwein geröntgt? Oder wird das Schwein wie die Waren an der Supermarktkasse gescannt? Aber wozu? Was hat das denn jetzt mit uns zu tun?"

„Schwestern gehört das Gehirn gescannt", dachte er erbittert. „Sofern sie denn überhaupt eins haben."

Laut giftete er: „Das hat nichts mit Schweinen zu tun! Es ist eine wichtige Funktion des Virenscanners."

„Ach", seufzte Petrulia erleichtert. „Hat Dein PC Grippe? Sag das doch gleich!"

Paul brummelte ablenkend: „Wir schreiben nachher Deine Hausaufgaben in Times New Roman."

„WAS?" rief Petrulia begeistert. „Meine Hausaufgaben kommen in der Times als neuer Roman? Ich wusste doch, dass meine Aufsätze super sind. Nur meiner dummen Lehrerin ist das noch nicht klar."

Paul litt entsetzlich, wir legen den Mantel des gnädigen Schweigens über die nächste Stunde. So meinte seine Schwester unter anderem: „Tool bar? Das ist toll, denn ich habe gerade Durst."

Als nach vielen inneren Leiden seine Schwester ihn verließ, warf sich der arme Paul völlig erledigt aufs Bett.

Dort fand ihn dann später seine Mutter: „Was machst Du hier noch? Ich dachte, Du wolltest radeln! Dauernd hast Du beim Mittagessen genervt, dass Du heute eine Radtour machen willst. Nutze nun auch wirklich die schöne Sonne aus. Also, mit Euch jungen Leuten ist einfach nichts mehr los! Ihr wisst einfach nicht, was Ihr wollt! Erst nervst Du beim Mittag wegen dem Radeln und dann liegst Du den ganzen Nachmittag nur faul rum!"

EOCXTE – CD Shop

Eines Tages erschien in einem aus Datenschutzgründen nicht näher genannten Geschäft in Waiblingen ein neuer Kunde. Die Ladenbesitzerin bediente ihn zuvorkommend und sagte später beim Abschied: „Ich hoffe, Sie kommen bald wieder."

Der Kunde antwortete galant: „Sicher. Sie sind so kompetent und freundlich wie Herr Neubohn es neulich bei der Lesung auf der Gartenschau erzählte. Er liest ja öfters in verschiedenen Läden unserer schönen Stadt, um dadurch die Innenstadt zu beleben. Eine gute Idee von ihm. Auf wiedersehen Frau Elpinike."

Das Lächeln der Ladeninhaberin erlosch so plötzlich, wie das Lächeln eines Managers, wenn es keine 10 % Boni gab. Sie erwiderte erstaunt: „Elpinike? Ich heiße Röchelbaum."

„Oh", flüsterte der Kunde. „Entschuldigen Sie bitte die Verwechslung. Ich dachte Sie heißen; Eutalia Ottilie Clothilde Xanthippe Tussnelda Elpinike und sind die Inhaberin."

Frau Röchelbaums ohnehin schon große Augen wurden noch größer, wie im Märchen vom Rotkäppchen – damit ich Dich besser sehen kann – und ihr Mund wuchs auch – damit ich Dich besser fressen kann - !

„Ich bin die Inhaberin. Hier gibt es keine Frau Eutalia Ottilie Clothilde Xanthippe Tussnelda Elpinike. Wie kommen Sie denn darauf?"

„Ach", raunte der Mann erstaunt. „Da muss Herr Neubohn was verwechselt haben. Als er mir von ihrem schönen Laden EOCXTE – CD Shop erzählte, fragte ich ihn, was der Name EOCXTE voll ausgeschrieben heißen würde. Und er meinte: Ah, öh, natürlich ist es wie bei den meisten Läden, er ist nach der Inhaberin benannt. Und der Name der Inhaberin lautet hier Eutalia Ottilie Clothilde Xanthippe Tussnelda Elpinike."

Wir wissen leider nicht, was Frau Röchelbaum dachte, als sie dies hörte, aber Herr Neubohn bekam tags darauf gründlich den senilen Kopf gewaschen. Das beweist mal wieder: Die Schwaben sind in Wahrheit gar nicht so geizig! Denn in Schwaben wird oft jemand gratis der Kopf gewaschen und das trotz der teuren Schampoopreise!

Besuch auf der Gartenschau

Claudia, Elke und Sieglinde saßen auf den Remsterrassen und schauten herab in die tobenden Fluten der Rems. Da zur Zeit der Pegel auf Rekordtief lag, schauten aus den mächtigen Fluten zwei kleine Inseln heraus. Was die drei nicht wussten: es waren keine kleinen Inseln. Sondern die verschütteten Vulkankegel der Insel Atlantis, die bis zu einem großen Vulkanausbruch in der Rems lag. Die drei Mädchen lösten sich vom Anblick der vermeintlichen Remsinseln und gingen mit ihren Freunden weiter über das wunderschöne Gartenschaugelände. Bisher verlief alles friedlich. Sonst gerieten sich ihre Freunde im Fußballstadion oder bei politischen Veranstaltungen immer in die Haare. Doch heute würde es sicherlich harmonisch verlaufen, nichts ist besänftigender fürs Gemüt, als Sonne und schöne Blumen. Dachten die drei Mädels, bis es bei einem besonders reizenden Blumenbeet wieder zwischen den drei Jungs krachte: „Du vulgäres Veilchen! Die schönsten Blumen sind die Rosen!" „Quatsch! Du rostige Rose! Nichts geht über zarte Veilchen! Und wenn Du willst, kannst Du von mir gleich zwei blaue Veilchen haben." „He, hört, mal ihr zwei Streithähne, am schönsten sind die Tulpen." „Was? Das hätten wir wissen müssen, dass Du eine tumbe Tulpe bist. Du mit Deiner krakeligen Kaktusnase!"

So ging es den ganzen Nachmittag weiter. Die leidgeprüften Mädchen beschlossen deshalb am nächsten Wochenende lieber mit ihren Freunden ins Fußballstadion zu gehen, denn dort dauerte deren Zoff untereinander nur 90 Minuten.

Lesetipp:

Ralf Neubohn: „Die Gartenschau Morde"

Enthält Kurzkrimis und schwarze Humor Gedichte

Das Gartenschauwunder

Hans saß auf den Remsterrassen und las sein Lieblingsbuch „Neubohns Krimihäppchen" zu Ende. Er las es seit Jahren immer wieder von vorn, weil ihn diese Mischung aus Kurzkrimis und Humor sehr ansprach.

Nun griff er zu Neubohns originellem Werk „Im Tal der Autoren", um es ebenfalls in Ruhe zu genießen. Die Sonne schien, vor ihm floss die Rems plätschernd vorbei, was konnte es schöneres geben? Völlig entspannt blickte er auf die beiden Remsinseln zu seinen Füssen und schlug das Buch mit den heiteren Geschichten aus dem Autorenleben voller Vorfreude auf.

Doch dann schoss es ihm durch den Kopf: „Ich bin doch nicht zum Lesen hier, sondern zum Arbeiten!" Bedauernd legte er das Buch zur Seite und stand auf. Nur durch seine hohe, professionelle Arbeitseinstellung gelang ihm der Aufbruch aus dem sonnigen Paradies. Überall schlenderten seine Kunden über das Gartenschaugelände. Hans gefiel am besten der Teil beim See am Hallenbad und jener bei der Kunstlichtung. Dort fanden immer so schöne Lesungen statt. Doch wo auch immer seine Kunden auf ihn warteten, da ging er hin. Vom Bädertörle in Waiblingen bis nach Schorndorf lag sein Arbeitsbereich. Sein ganzer Ehrgeiz lag darin, dort überall gleichmäßig gut zu arbeiten.

Kein Gebiet des schönen Gartenschaugeländes durfte vernachlässigt werden. Denn die Arbeit rief überall dauernd nach ihm. Eine große Verantwortung lag auf Hans. Es gab sehr viel zu erledigen. Die Gartenschau kam gerade im richtigen Augenblick, um in finanziell schwerer Zeit Geld in seine Kassen zu spülen. Dankbar dachte er: „Ein Wunder, diese Gartenschau! Schönes Gelände, wunderbare Blumen, ein Ort zum Genießen. Und um nebenbei gute Geschäfte zu machen! Was will man mehr?"

Zufrieden schlendernd besah er sich entzückt die Landschaft und die Hosentaschen der Besucher. Ein Traum für Taschendiebe wie ihn. Vielleicht treffen sie ihn ja mal an seinem Arbeitsplatz. In diesem Falle wünsche ich Ihnen viel Glück!

Überraschung!

Herr S. Chrecklich spazierte in Weinstadt über das Gartenschau-gelände. Ihm gefiel die schön gestaltete Anlage sehr. Vor einem Blumenbeet mit roten Rosen blieb er bewundernd stehen. Wie prachtvoll sie blühten! Neben den Rosen stand einzeln eine sehr große, äußerst merkwürdige Pflanze. Er konnte sie keiner ihm bekannten Art zuordnen. Diese Pflanze lenkte ihn so ab, dass er das Herannahen eines offensichtlich tollwütigen Hundes erst zu spät bemerkte. Es blieb ihm keine Zeit zu fliehen, keine Chance auf Rettung. Herr S. Chrecklich schloss erstarrt vor Schreck die Augen. Ein lautes „Schlurp" ließ ihn auffahren. Die Pflanze hatte sich über den Hund gebeugt und ihn verschlungen! Vermutlich ein Ergebnis des Klimawandels. Früher gab es hier in Weinstadt keine fleischfressenden Pflanzen. Da kam ihm eine geniale Idee! Auf diese Art könnte er seinen nervigen Schwager loswerden! Diesen ohne Spuren beseitigen! Der perfekte Mord! Einfach genial! Bereits zwei Tage später schlenderten sie beide gemeinsam über die Gartenschau. Als niemand in Sicht war, schlug er seinen verhassten Schwager nieder und schleifte den Betäubten zur fleischfressenden Pflanze. Diese würde mit einem lauten „Schlurp" alle Spuren seiner Tat wie geplant beseitigen. Tat sie auch. Nur schluckte sie beide zusammen weg. Tja, selbst der beste Plan kann einmal scheitern.

Pech gehabt

Verächtlich verzog Hans das Gesicht. Wieder lief ein Gartenschau-besucher mit hervorstehendem Geldbeutel vor ihm. Ein Kinderspiel sich seines Geldbeutels zu bemächtigen. Egal, ob in Heilbronn, Waiblingen, Schorndorf, Winterbach oder anderswo, sein Geschäft lief weiterhin blendend. In jeder Stadt lechzten scheinbar die Gartenschaubesucher förmlich danach, von ihm erleichtert zu werden. Diese unfreiwilligen Spenden machten es ihm erst möglich, seine teure Freundin bei Laune zu halten. Mit dem Erlös seiner heutigen „Arbeit" konnte ein netter Abend mit ihr finanziert werden. Zuerst der Besuch eines Konzertes, anschließend ein Galadinner.

„Ein Glück, dass diese Idioten sich so leicht bestehlen lassen", dachte Hans voller Herablassung.

Als er abends mit seiner Freundin an der Konzertkasse stand, befiel ihn ein großer Schock: „Ich bin bestohlen worden! In was für einer furchtbaren Welt leben wir denn, dass man einfach so bestohlen werden kann!" Hans bedauerte sich ausführlich selber, während seine Freundin überlegte, ob sie sich weiterhin mit so einem unfähigen Schussel abgeben sollte, der sich beklauen ließ.

Reizende Reise

Richard R. Riesling befand sich gern auf deutschen Gewässern. Ob Bodensee, Mosel, Rhein, überall gefiel es ihm ausnehmend gut. Leider mochten ihn selber seine Mitpassagiere umso weniger. Es muss leider gesagt werden: Herr Riesling trank meist härtere Sachen als Riesling und wurde dann extrem unleidlich. Häufig sogar gewalttätig.

Bei seiner neuesten Kreuzfahrt fuhr er auf dem Neckar an der Gartenschaustadt vorbei, als es zu einem schwerwiegenden Zwischenfall kam.
Seit 20.00 Uhr hielt er sich an seine strenge Whiskydiät und nahm nichts anderes mehr zu sich. Mit jedem weiteren Glas stieg seine Gewaltbereitschaft und er pöbelte immer häufiger seine Mitreisenden übel an.

Gegen Mitternacht schrie Herr Riesling Frau Nemesis an: „Was geht es Sie an, wie viel ich trinke? Und wem ich meine Meinung sage? Was denken Sie eigentlich denn, wer Sie sind?"
Darauf kam drohend die unheilverkündende Antwort: „Wie ich Ihnen schon sagte, ich bin Nemesis!"
Da unser Reisender sich nur mit Alkohol auskannte und mit sonst gar nichts, stürzte er sich auf Nemesis, um sie von Bord zu stoßen.

Durch einen Kampfsporttrick seines vermeintlichen Opfers landete der Alkoholiker stattdessen selber im Neckar. Der Kapitän hörte das Aufklatschen im Wasser und rief: „Mann über Bord!", was sofort die verschiedensten Rettungsmaßnahmen einleitete. Doch die Dunkelheit behinderte die Suche so sehr, dass er erst zu spät aus dem Hades, äh, Neckar gefischt wurde.

Der Kapitän sah den Ertrunkenen vor sich auf den Planken liegen und sprach nachdenklich: „Riesling verträgt sich mit nicht zuviel Wasser!" Ein Satz, in dem viel Wahrheit lag. Die Suche nach Nemesis blieb erwartungsgemäß erfolglos, denn die kommt und geht bekanntlich, wie sie will.

Der Banküberfall

Xavers Plan bot sich förmlich von selber an. Durch die Touristen, die zur Gartenschau wollten, kam in Heilbronn der normalerweise schon starke Feierabendverkehr fast zum Erliegen.

Wer zu dieser Zeit eine Bank überfiel, konnte sich sicher sein, dass die Polizei zu lange brauchen würde, um sich durch den Stau von Pendlern und Touristen durchzukämpfen. Bis sie die Bank erreichte, befand er sich dann mit seinem Fluchtauto schon wo ganz anders.

Er parkte direkt vor der Bank, stürmte mit gezogener Pistole herein und verlangte das Geld. Alles verlief gut, bis er aus seinen Augenwinkeln eine Bewegung am rechten Rand sah. Wo kam der Mann plötzlich her? Eben lag die Schalterhalle doch noch völlig leer vor ihm!

Hätte Xaver besser recherchiert, wäre ihm bekannt gewesen, dass rechts von den Schließfächern im Keller eine Treppe heraufführte. Und von dort stürmte nun ein Sicherheitsbeamter auf ihn zu. Spontan und eigentlich ungewollt erschoss Xaver ihn und flüchtet tief erschrocken zum Auto. Genauer gesagt zu dem Ort, wo sich bis vor kurzem sein Auto befand, bevor es ein Autodieb stahl. „Nun gut, dann fliehe ich halt zu Fuß", dachte er. Es war das Letzte was ihm in Freiheit je durch den Kopf ging. Denn bei oberflächlichen Besichtigungen des Tatorts hatte Xaver es versäumt, sich die Umgebung näher anzuschauen. Gegenüber der Bank lag ein Imbiss, in dem viele Polizisten verkehrten, die nun mit gezogener Waffe vor ihm standen.

Im Fußball wird so etwas Eigentor genannt. Dafür gibt es keinen Applaus, höchstens Buhrufe.

Lesetipp:

Ralf Neubohn und Michael Kerawalla: „Gartenschau Phantasie"

Die folgenden Textproben sind von Ralf Neubohn:

Die beiden Gartenschauen

Zweifellos sind die Gartenschauen in Heilbronn und an der Rems ein paar der schönsten, die es je gab. Sowohl von den Anlagen her, aber auch wegen dem wunderbaren Ambiente der Umgebung. Für jeden der seine Freude an den prächtigen Pflanzen auf den Gartenschaugeländen hat, stellt sich die Frage: Wie konnte diese verzaubernde Pracht entstehen? Das Geheimnis ist einfach und schon lange wohlbekannt: Nachts durchfliegen Elfen die Anlagen. Dabei hinterlassen sie ihren magischen Glanz, der sich auf alle Pflanzen wie Lack legt und diese besonders schön strahlen lässt. Besucher mit strahlendem Lächeln sind wohl früh morgens noch einer etwas verspäteten Elfe begegnet.

Ich wünsche Ihnen viel Spaß, in diesen verzauberten Elfengärten. Egal, ob an der Rems oder in Heilbronn: ein Besuch lohnt sich!

Gartenschauromanze

Er sah das Mädchen an der Remsküste,

sie hatte wunderbare …. Ohren.

Ihr Anblick macht ihn froh,

vor allem der schöne … Ohrring.

Vielleicht würde das Schicksal ihn strafen,

doch wollte er mit ihr …. Ohrputzen.

Später flüsterte sie benommen:

„Hoffentlich werde ich kein … Ohrsausen bekommen."

Nachts in der Gartenschau

Nervös huschte er über das Gartenschaugelände. Immer wieder drehte er sich hastig um, aber niemand schien ihm zu folgen. Fahrig wischte er sich den Schweiß von der Stirn und lief eilig weiter. Seine Schritte hallten laut durch die menschenleeren Grünanlagen. „Warum habe ich nur darauf eingelassen?", fragte er sich immer wieder. „Ich habe doch gewusst, dass es gefährlich wird."

Ängstlich packte er die Aktentasche mit dem wertvollen Inhalt fester an sich. Ein lautes Geräusch ließ ihn zusammenfahren. Sein Herz stand für Sekunden still, so sehr hatte ihn die Kirchturmuhr erschreckt. „Ich muss mich zusammenreißen", dachte er und blickte sich um. Da! Folgte ihm nicht doch jemand? Nein, er waren nur Bäume am Gehwegrand. Der Wind bewegte sie sachte. In der finsteren Nacht sahen sie aus wie gefährliche Wegelagerer. Inzwischen hörte die Kirchturmuhr auf, vier Uhr zu schlagen.

„Nur noch ein paar Straßen weiter", schoss es ihm durch den Kopf. „Dann bin ich in Sicherheit!" Schnell rannte er die letzten Gehwege des Gartenschaugeländes weiter, hinein in die Innenstadt. Seine Schritte hallten dort laut in den Gassen, Menschenmassen schienen ihm zu folgen, doch das war nur das Echo.

Mit rasendem Herzen schloss er die Tür zu seinem Buchantiquariat auf, schlüpfte schnell hinein und warf sie fest ins Schloss. Er hatte es geschafft. Nachdem er erleichtert eine Weile an der Tür gelehnt hatte, streichelte er liebevoll die Aktentasche und ging ins Büro seines Ladens. „Ich habe doch gleich gewusst, dass ich es schaffen werde", sinniert er nicht ganz wahrheitsgemäß. Behutsam nahm der Buchantiquar den wertvollen Inhalt seiner Tasche heraus und betrachtete ihn glücklich. Verstohlen schaute er sich schnell im Büro um, doch er war nach wie vor allein. Zärtlich streichelte er über das soeben auf der Kunstlichtung beendete Manuskript von „Gartenschau Phantasie", um das ihn sicherlich viele Konkurrenten beneideten. Zuviele! „Das Buch wird ein Knüller!" rief er triumphierend in die Leere hinein und lachte noch ein wenig erleichtert vor sich hin. Seine Nerven hatten sich gerade wieder von der nächtlichen „Hetzjagd" erholt, als ihn ein plötzliches Geräusch aufspringen ließ. Unter einem Ladentisch raschelte es. „Ach, bin ich dumm", dachte er. „Das wird nur die Katze sein."

Es war sein letzter Irrtum im Leben.

Der Schrecken der Gartenschau

Immer häufiger berichteten Gartenschaubesucher, dass es auf dem wunderschönen Gartenschaugelände bei Einbruch der Dunkelheit höchst merkwürdige Geräusche gab. Gruslige Geräusche, die niemand irgendwie, irgendwas zuordnen konnte. Am ehesten entsprach dieses nervtötende „Klick-Klack" einem Skelett aus einem Gruselfilm, welches sich dort mit diesen Geräuschen bewegte.

Darum wurde der bekannte Forscher Van Surprisle beauftragt, diesem nächtlichen Spuk auf die Spur zu kommen. Van Surprisle rüstete sich gegen die Gefahren mit einem großen Kruzifix, einem Revolver mit geweihten Silberpatronen, einem Kranz aus Knoblauch und einem Holzpflock. Beim Austreiben von nächtlichen Schrecken konnte ihm niemand das Weih-Wasser reichen! Apropos Wasser: Natürlich nahm er in einer Wasserpistole auch Weihwasser mit, um damit diverse Unholde zu „erschießen". Er schleppte schwer an diesen vielen Gegenständen in der lauen Sommernacht. Durchlief immer wieder das große Gelände. Nichts! Überhaupt nichts zu sehen und hören! Oder doch? Ja, ganz leise erklang ein geheimnisvolles „Klick-Klack". Schlichen sich Skelette an ihn an? Klapperten Vampire freudig mit ihren Fangzähnen?

Er zog die beiden Pistolen. Entweder mit Weihwasser oder geweihten Silberkugeln würde er dem Spuk ein Ende bereiten. Leise bewegte er sich auf das schaurige Geräusch zu. „Klick-Klack" ertönte es beim Näherkommen immer lauter. Van Surprisles Nerven vibrierten vor Spannung! Auf welches schreckliche Geheimnis würde er stoßen? Welches unvorstellbare Grauen lauerte dort im großen Gebüsch? Würden ihn Monster anfallen und zerfleischen? Oder schoss er schneller? Die Chancen in der Dunkelheit standen unentschieden! Seine am Schutzhelm befestigte Lampe strahle in das Gebüsch und er sah… ja, leider ist es wahr… kaum zu glauben… Murmeltiere! Sie spielten dort mit Murmeln! Und wenn diese aneinander stießen, ertönte in der ruhigen Nacht überlaut „Klick-Klack"!

Zuerst lächelte unser tollkühner Forscher erleichtert. Dann überkam in ein riesengroßer, lähmender Schrecken: Wie lächerlich würde sich dieses Ereignis in seiner Biographie ausnehmen! Er sah schon die Leute ihn höhnisch auslachen! Das musste verhindert werden. Doch wie? Dieses „Klick-Klack" musste schließlich überzeugend begründet werden. Er brauche eine logische, nachvollziehbare Erklärung, die seinen Ruf nicht gefährdete. Da kam ihm die Erleuchtung! Am anderen Tag sagte er völlig glaubwürdig auf einer Pressekonferenz, dass den Bürgern keine Gefahr drohe. Im Schutze der Dunkelheit tanzten nur die Skelette von im Moor ertrunkener im Gebüsch miteinander Tango. So lange niemand dem betreffenden Gebüsch zu nahe kam, passierte ihm nichts.

Das betreffende Gebüsch wurde zur Hauptattraktion der Gartenschau, um das sich die Besucher in gehörigem Abstand neugierig bis tief in die Nacht drängten.

Und wenn die Murmeltiere nicht gestorben sind, dann spielen sie noch heute mit Murmeln.